RAPPORT

Adressé le 23 décembre 1842, à la Commission de la
bibliothèque de Lille,

Par M. Ed. GACHET, Bibliothécaire

RAPPORT

Adressé le 23 décembre 1842 , à la commission de la bibliothèque de Lille (1) , par M. Ed. Gachet, bibliothécaire.

L'accomplissement de devoirs publics est toujours une chose très-sérieuse. En acceptant la charge de conservateur de la Bibliothèque de Lille, j'ai dû, dès mon entrée en fonctions, me tracer un plan qui assûrât à mon temps et à mon travail le meilleur emploi possible. Je n'ai pas tardé à reconnaître qu'il y avait 1.º à prendre des mesures d'ordre et de conservation; 2.º à faire un bon emploi des fonds alloués par la ville; 3.º à rendre autant que possible le dépôt profitable au public.

(1) Cette commission se compose de M. Roussel, premier adjoint, président ; et de MM. Blocquel, Blondeau, Hebbelynck et Poirel.

1843

En résumé, conserver nos richesses bibliographiques, les augmenter, les rendre profitables et, pour ainsi dire, reproductives, tels sont les trois buts à atteindre.

1.º Conserver le dépôt.

Votre Commission, Messieurs, a pris une mesure dont vous saura gré tout bibliothécaire jaloux de son dépôt dans l'intérêt public; je veux parler de la suppression du prêt des livres au dehors. Les lecteurs sont admis tous les jours, de neuf heures du matin à trois heures après midi, même le dimanche et les jours de fête : il n'y a jamais de vacance. C'est là un bienfait très-grand offert à tous et dont on aurait mauvaise grâce à ne se point contenter. Viennent les lectures du soir, et aucun établissement quelconque n'entretiendra avec le public de rapports plus fréquens ni plus continus. (1)

Une mesure que j'ai trouvée établie par mon prédé-

(1) Dans aucune autre ville du département, la bibliothèque publique n'est ouverte tous les jours. Celle de Cambrai s'ouvre quatre fois par semaine, de deux à cinq heures de l'après-midi; celle de Valenciennes, cinq fois, de dix heures du matin à une heure après midi ; celle de Dunkerque, trois fois, etc.

cesseur , et que je continue d'observer , c'est de n'ac-
corder lecture des manuscrits qu'après récépissé.

Je continuerai aussi d'interdire tout examen des
livres sur les rayons, et je signale dès à présent à votre
attention , l'avantage , quand on construira de nou-
veaux bâtimens , d'une salle spéciale pour la lecture ,
et de galeries pour les livres accessibles seulement aux
hommes de service. La salle de lecture serait plus
facile à chauffer, et les livres, préservés de la fumée, ·
de la poussière et de tous abords étrangers.

De nouvelles constructions devraient offrir en outre
le moyen de placer le bibliothécaire ou le sous-biblio-
thécaire près du dépôt à garder.

Je finirai ce qui concerne la conservation en vous
proposant quelques mesures dont vous apprécierez
sans doute l'utilité....... (travaux d'agencement inté-
rieur.)

Passons aux mesures d'ordre.

J'ai dû d'abord porter mon attention sur les grandes
collections et m'assurer qu'elles fussent complètes. Ce
travail m'a donné une peine assez grande et je ne l'ai
point encore terminé. J'ai reconnu plusieurs lacunes
qui vous seront signalées. Afin de me prémunir contre
de pareils accidens et de mettre , en cas de décès, mon

successeur à même de constater l'état des collections,
j'ai ouvert à chaque ouvrage paraissant périodique-
ment ou par souscription, un compte particulier. Par
ce moyen, on connaît sur-le-champ les lacunes, et l'on
peut élever à l'instant même les réclamations nécessaires.

J'ai aussi ouvert un compte au relieur pour les
ouvrages dont il lui est donné livraison.

Un registre indique les ouvrages doubles ; un autre,
ceux qui manquent sur les rayons, quoique repris au
catalogue, etc., etc.

Les brochures envoyées en don à la bibliothèque et
trop peu importantes pour être cataloguées, sont
déposées dans des cartons, afin d'être plus tard assor-
ties et classées.

2.º Enrichir le dépôt.

Pour enrichir le dépôt d'une manière judicieuse, il
faut en bien connaître le fonds présent, combler les
vides qui pourraient exister, ne pas perdre de vue les
besoins de la localité.

Cette tâche, Messieurs, n'est pas petite. La perte
d'un bibliothécaire qui connaît son dépôt se répare
toujours difficilement ; et quand ce bibliothécaire

est un homme presque encyclopédique, sa perte se
fait sentir plus vivement encore. En succédant à M.
Lafuite, je n'ai donc ni la prétention ni même l'espoir
de le remplacer. La conscience de ma faiblesse aug-
mentera mon zèle; je m'ingénierai à bien faire, à rendre
fructueux tous mes efforts; je ferai appel au savoir de
quelques amis; je réclamerai de mon collègue, M.
Semet, le tribut de ses connaissances et de ses recherches; je vous demanderai surtout, Messieurs, votre
aide et votre concours : alors seulement j'espérerai
remplir ma tâche.

Pour connaître le fonds actuel, je me suis imposé
un jour par semaine, l'étude comparative de notre
catalogue et de ceux d'autres dépôts, particulièrement
de ceux du pays. Je prends des notes sur les livres
ou manuscrits qui intéressent spécialement l'histoire
de la ville de Lille. J'inscris ceux que nous possédons
et ceux qui se trouvent ailleurs.

Pour combler les lacunes qui existent dans l'éco-
nomie générale et profiter des publications nouvelles
les plus importantes, je m'éclaire des lumières d'hommes spéciaux dans chaque partie, et je compare les
analyses et les critiques publiées dans les différentes
revues bibliographiques

Pour les sciences, je m'attache à en suivre les progrès et les applications. J'ai à vous signaler d'assez grands vides dans les sciences physiques et mathématiques. Nous ne possédons ni Poisson, ni Geoffroy Saint-Hilaire, ni Arago, ni Flourens. Nous n'avons point les *Annales de physique et de chimie* d'Arago et de Gay-Lussac. Nous n'avons qu'une partie de Liébig.

Pour les lettres et les arts, je grouperai autour des chefs-d'œuvre et des grands monuments, tout ce qui sera propre à les mettre en lumière. Je serai sobre pour les œuvres d'imagination nouvelles ; j'attendrai que le temps ait sanctionné le mérite des ouvrages.

La littérature des langues modernes est loin d'être complétement représentée. Elle ne compte ni Walter-Scott, ni un texte anglais de Byron, ni les grands orateurs parlementaires de la Grande-Bretagne, ni Schiller, ni Manzoni. Alfieri et Goéthe ne figurent que par fragments.

On doit à la science moderne quelques travaux précieux sur les rapports des sciences avec la religion. Nos Bénédictins se sont remis à l'œuvre. Je ne manquerai pas de me tenir au courant de toutes ces publications importantes et consciencieuses.

Notre époque est essentiellement historique, et nous

n'aurons, pour l'achat des ouvrages d'histoire, que l'embarras du choix. Nous rechercherons de préférence l'histoire sérieuse et sévère, remontant aux origines et répudiant tout agrément fictif ou toute exagération systématique et passionnée. Aucun ouvrage capital sur l'histoire de la France ne sera oublié, et je ne laisserai échapper aucune occasion d'acquérir tout ce qui a été publié ou tout ce qui se publiera sur la ville de Lille et le département.

Je vous dirai, à ce dernier propos, que je regrette bien vivement que nous n'ayons à la Bibliothèque ni la collection des journaux et des revues de la localité, ni les ouvrages dignes d'intérêt sortis des presses lilloises. Les imprimeurs de Gand offrent à la régence de leur ville un exemplaire de toutes leurs publications. Nos imprimeurs lillois, si l'on faisait appel à leurs sympathies pour la cité, s'empresseraient certainement de suivre ce bel exemple. Déjà trois d'entre eux, MM. Blocquel, Danel et Vanackere, m'ont promis leurs dons.

Puisque nous sommes dans cet ordre d'idées, je vous prierai de signaler à l'administration municipale le service que rendraient les commissions administratives en faisant rentrer dans les archives communales

les procès-verbaux de leurs délibérations et les rapports ou travaux particuliers de leurs membres. Ces documens sont très-précieux ; ce n'est qu'en les possédant et en possédant en même temps les publications imprimées, qu'on aura plus tard tous les éléments de l'histoire du pays. M. l'archiviste communal pourrait se mettre en rapport avec Messieurs les présidens et les secrétaires des diverses commissions. De mon côté, je veillerai sur ce qui s'imprimera. Dans ce dessein, j'ai rassemblé tout ce qui a paru dernièrement à l'occasion de notre fête commémorative du 8 octobre.

Vous verrez sans doute avec plaisir dans mes propositions quelques ouvrages qui peuvent guider les artisans dans leurs professions. L'ouvrage de M. Armengaud aîné, sur les machines et les outils les plus perfectionnés, est de ce nombre, ainsi que la *Revue générale de l'architecture et des travaux publics* et l'*Ornementiste*, de Chenavart.

Enfin, je ne perdrai jamais de vue les besoins de la localité. Pour les mieux constater, j'ai pris soin, depuis mon entrée en fonctions, d'inscrire, jour par jour, d'une part tous les ouvrages distribués, d'autre part tous ceux que l'on a demandés et que nous n'avons point. Une note annexée à ce rapport vous les fera connaître.

Nous ne devons pas oublier non plus, dans l'emploi de nos fonds, les collections et les grands ouvrages à compléter. Un registre particulier indique dans cette partie nos *desiderata*.

Acquérir toujours de préférence les ouvrages sérieux et considérables dont on ne peut se procurer la lecture dans les cabinets littéraires, ou d'un prix trop élevé pour la plupart des bibliothèques privées, tel sera le principe général.

On a fait récemment à l'administration le reproche d'avoir employé une trop grande partie des fonds à acheter des ouvrages dispendieux et de curiosité ou de pur agrément. Ces reproches portent à faux. Les ouvrages qu'on a signalés remontent à des souscriptions antérieures, et l'un de mes prédécesseurs, M. de Gillaboz, dans un rapport fait en 1826, s'élevait déjà contre ces souscriptions qui absorbaient la plus grande partie du crédit ordinaire. Une note annexée constate les souscriptions encore pendantes. L'une d'elles remonte à 1804, et il ne faut pas moins de 2,206 fr. pour la compléter.

Après les richesses qui nous sont assurées par les largesses municipales, viennent les dons de l'État et ceux des particuliers.

Il m'a semblé que, relativement à l'importanc ede la
ville de Lille, à sa garnison nombreuse composée de
militaires ayant des loisirs, eu égard au crédit communal affecté à la bibliothèque et à la mesure libérale
qui en accorde l'entrée tous les jours, nous étions un peu
tenus en oubli. Le dernier voyage de Dumont d'Urville,
publié aux frais de l'Etat, ne nous a point été envoyé.
Je me propose de suivre le mouvement de l'imprimerie royale, afin de connaître les ouvrages qui nous
seraient utiles et qu'on omettrait de nous adresser.
Votre appui pour les obtenir et l'intervention de
M. le Maire ne sauraient nous manquer.

Les dons des particuliers ont une importance qu'il
est bon de constater. Il est, je crois, à regretter que
dans les volumes du catalogue déjà imprimés, les noms
des donateurs aient été omis. M. Lafuite, par une in-
tention louable, a voulu cacher la main qui donnait,
peut-être parce que la sienne était souvent coupable
du fait. Mais ne vous semble-t-il pas, Messieurs, que
publier les bienfaits, c'est les multiplier, et que dans
l'énumération de ses richesses bibliographiques, la ville
de Lille ne doit pas craindre de proclamer les noms des
citoyens généreux qui les ont accrues ? Ces bienfaiteurs
ne sont-ils pas le plus souvent ses propres enfans ren-

dant à une mère commune les trésors d'une éducation libérale ? Vous permettrez, j'espère, que cet oubli n'ait pas lieu dans les volumes à publier.

Reste un dernier moyen d'augmenter nos richesses ; ce serait de vendre ou d'échanger les ouvrages doubles. De ce nombre est la description de l'Egypte, le grand dictionnaire de Moreri, etc.

3.° Rendre le dépôt profitable et reproductif.

C'est peu d'être riche ; il faut savoir user de sa richesse. Or, quand cette richesse est publique, tous doivent être conviés à puiser au trésor commun ; on doit, pour ainsi dire, le leur mettre sous la main.

Vous avez pris pour cela, Messieurs, deux excellentes mesures : l'impression de votre catalogue et l'ouverture quotidienne de la Bibliothèque. Par l'impression du catalogue, chacun possède l'inventaire et comme le titre de sa propriété : il peut, dans son cabinet, étudier à son aise toutes les ressources qu'offre à ses investigations chaque partie des sciences. Par l'ouverture quotidienne, vous répondez aux sollicitations relatives au prêt des livres. — Par l'ouverture de la Bibliothèque

le soir vous ne laisseriez plus rien à désirer. Cette mesure serait surtout utile à une jeunesse nombreuse que
captivent toujours trop les plaisirs et les séductions
souvent dangereuses d'une grande ville.

Vous apprendrez avec satisfaction que le nombre
de nos habitués est plus considérable qu'on ne le sup-
pose ordinairement, et qu'il est de beaucoup supérieur,
d'après ce que j'ai pu en savoir, à celui des villes de
Douai, de Cambrai, et même de Gand, quoique cette
dernière ville possède une Université. D'après les notes
quotidiennes que j'ai prises, le nombre des lecteurs
varie de dix à trente-cinq ; il est en moyenne de vingt.
C'est le jeudi et le dimanche que nous réunissons le
plus de monde. Il est à croire que les lectures du soir
doubleraient au moins le nombre de nos visiteurs.
L'administration municipale, dont le public a si souvent reconnu les vues libérales, ne reculera pas, nous
le pensons, devant les dépenses qui doivent doubler
le produit de sa richesse. Si l'état actuel des lieux pré-
sentait un obstacle insurmontable, espérons qu'une
reconstruction générale ne se fera pas trop attendre.

Le confortable, non plus, n'est pas à dédaigner.
Pour décider les hommes d'étude à quitter leur cabinet
et le coin du feu, il convient que la salle soit suffisam-

ment chauffée dans toute sa longueur , ce qui se prati-
querait facilement à l'aide des calorifères de nouvelle
invention. Ces calorifères, où l'on ne brûle que du coke,
ne donnent ni fumée , ni poussière et ont en même
temps l'avantage d'être économiques.

Un dernier moyen de rendre le dépôt profitable ,
c'est de faciliter aux lecteurs leurs recherches et de
leur indiquer , au besoin , les ouvrages à consulter. Je
dois encore déclarer ici combien incomplètement je
remplacerai mon encyclopédique prédécesseur. Nouvelle raison pour moi de redoubler de zèle et de tra-
vailler à réparer mon insuffisance. Je prendrai le soin,
comme l'a fait le bibliothécaire de Lyon , de com-
pulser les riches collections des sociétés savantes , des
académies , des corporations religieuses , afin de signaler au public tous les travaux qui s'y trouvent
déposés et comme enfouis. — Une bibliographie
chronologique de tous les livres et manuscrits à consulter pour l'histoire de la ville de Lille sera placée en
appendice au catalogue. — Outre les cinq tables alphabétiques de chacune des parties , je rédigerai une table
générale qui rendra les recherches plus promptes et
plus sûres.

Un travail ardu et qui certes m'eût effrayé à mon

début, vient d'être achevé par M. Le Glay ; je veux parler de la description de tous les manuscrits appartenant à la Bibliothèque de Lille. L'administration s'empressera sans doute de demander à M. l'archiviste-général une copie de ce précieux travail.

En résumé, Messieurs, les travaux projetés ne laissent pas d'être considérables, et je n'en verrai sans doute pas la fin. En voici le détail : achèvement du catalogue ; histoire, 4 volumes. — Jurisprudence, 1 volume. — Théologie, 1 volume. — Appendices divers indiquant : 1.º Les livres et manuscrits à consulter sur l'histoire de Lille ; 2.º les livres et manuscrits à consulter sur le département du Nord (reproduction en grande partie du savant travail de M. Le Glay) ; 3.º les ouvrages imprimés dans le 15.ᵉ et le 16.ᵉ siècle, les éditions Aldines, les Estienne, les Elzevirs, etc., que possède la Bibliothèque ; 4.º les livres imprimés sur vélin ; 5.º la table des donateurs ; 6.º la table générale des auteurs pour les cinq parties. Ces différens appendices formeront un volume. — Total des volumes : 7.

Quand ces sept volumes seront imprimés, on aura à sa disposition les matériaux d'un volume de suppléments.

Ainsi que l'a fait mon prédécesseur, j'ajouterai à l'indication des œuvres les plus importantes, des notes bibliographiques, et au besoin des notes biographiques, quand elles seront de nature à révéler des faits peu connus, nécessaires à l'appréciation des ouvrages.

De plus, les noms des donateurs ou des anciens dépôts d'où proviennent les livres (collégiale de Saint-Pierre, abbaye de Phalempin, de Cysoing, etc.), seront indiqués à la suite des annotations. Les prix et les dates d'achat seront dorénavant inscrits après chaque article dans le catalogue manuscrit.

Je voudrais faire marcher de front avec ces travaux, comme je l'ai dit déjà, l'étude réfléchie des lacunes à combler, pour que notre Bibliothèque offre un ensemble autant parfait que possible qui réponde aux besoins divers des esprits. Le caractère essentiel d'une Bibliothèque publique est de s'adresser généralement à tous. Nous devons tout embrasser, et comme nous ne pouvons tout posséder, force est de rechercher ce que chaque partie offre de capital et de substantiel. Or, cette recherche n'est rien moins qu'une encyclopédie raisonnée sur une grande échelle.

Ce n'est pas tout. Il y a dans l'organisation actuelle

un vice que je dois vous signaler. La classification des ouvrages repris au catalogue imprimé n'est pas la même que celle qui existe de fait sur les rayons ; les ouvrages acquis récemment sont seuls classés selon l'ordre nouveau. De là, des difficultés dans les recherches. Il aurait fallu, je crois, au risque de retarder l'impression du catalogue, faire besogne complète, classer et numéroter tous les ouvrages selon un seul système, le nouveau. Quand on maniera les livres pour les battre et les estampiller, je vous proposerai d'opérer ce redressement qui demandera toutefois un temps assez considérable.

Vous connaissez, Messieurs, le plan que je me suis tracé. Comme tous les plans, il est désirable qu'il soit exécuté par son auteur. Les hommes, en se succédant dans les travaux d'intelligence, suivent rarement la voie de leurs prédécesseurs, ou, s'ils la suivent, ils y marchent sans ardeur et quelquefois sans le bien connaître. C'est par suite de ce manque d'unité que tant de grands travaux, soit dans les archives, soit dans les bibliothèques, n'ont point été menés à fin, ou sont demeurés à l'état d'ébauche. Il y aurait un moyen de remédier à ce mal, ce serait de mettre à la disposition des bibliothécaires et des archivistes, pour les

travaux temporaires , des employés chargés de la
besogne matérielle des copies. Si vous adoptiez cette
mesure pour l'achèvement du catalogue et des autres
travaux, nous arriverions au terme beaucoup plus tôt,
et le plan conçu serait exécuté dans un esprit d'ensemble et d'unité si désirable en pareille matière. (1)

Pour moi, Messieurs, enfant de Lille, jaloux de
répondre à la confiance de l'administration municipale
et à l'appui de votre Commission, j'aurai à cœur que

(1) La rédaction du catalogue de Douai, commencée en 1805,
n'a été achevée qu'en 1820. On n'y trouve ni notes bibliographiques , ni table alphabétique des auteurs , ni appendice d'aucune espèce.

Voici le jugement porté par M. Le Glay sur ce catalogue :
« L'administration municipale de Douai a fait imprimer en 1820,
» à un petit nombre d'exemplaires, un inventaire des livres de
» la bibliothèque publique de Douai, fait en 1805 , par ordre
» de M. Forest de Quartdeville , continué par ordre de ses suc-
» cesseurs jusqu'au 1.er avril 1820 , in-4.°, papier fort, de
» 657 p., Douai, Wagrez-Taffin, mai, 1820. Ce répertoire , en
» forme de tableaux synoptiques, passe pour incomplet , peu
» méthodique et peu exact. Ainsi on trouve, sous la rubrique
» *Philosophie*, des ballets , des opéras, des partitions de mu-
» sique, des méthodes de plain-chant, des traités sur le com-
» merce, des instructions pour la tenue des livres. »

(LE GLAY, *Mémoire sur les bibliothèques.*)

la Bibliothèque rende à nos concitoyens tous les services qu'on peut en attendre. Pour atteindre ce but, j'userai d'abord de moi-même, et ensuite de tous les moyens qu'il vous plaira de mettre à ma disposition. Votre aide et votre concours féconderont, je l'espère, mon bon vouloir et mon entier dévoûment.

*Relevé des ouvrages lus, à la bibliothèque de Lille,
depuis le 1.er novembre 1842 jusqu'au 20 décembre,
même année.*

Jurisprudence.. 7

Théologie et histoire de la religion................. 24

Histoire générale.................................... 20

—   Ancienne.................................. 21

—   De France................................. 27

—   de Flandre, de la Belgique, de Lille...... 44

—   artistique................................ 8

Géographie et voyages.............................. 16

Dessin, peinture, architecture..................... 38

Médecine, histoire naturelle, chimie, physique...... 50

Mathématiques...................................... 11

Economie agricole, commerciale, industrielle...... 6

Morale et philosophie.............................. 24

Littérature ancienne............................... 37

—   française................................. 34

—   étrangère................................. 13

Traités de rhétorique, de grammaire, dictionnaires... 20

Romans... 7

                                                         407

Dans un nouveau rapport adressé à la Commission
de la bibliothèque, le Bibliothécaire présente les docu-

ments suivants sur ses travaux depuis son entrée en fonctions :

Pendant deux mois , il a été pris note jour par jour de tous les livres ou manuscrits donnés en lecture.

Toutes les grandes collections ont été vérifiées et il en a été dressé des états particuliers, ainsi que pour les ouvrages paraissant par livraisons , afin qu'on puisse à l'instant constater les lacunes et élever des réclamations. Soixante comptes ont été ouverts à cet effet.

Un nouveau classement, conforme à celui du catalogue imprimé , a été opéré pour tous les ouvrages repris aux additions et au supplément des sciences et arts et des belles lettres. Des tables alphabétiques ont été rédigées selon cet ordre nouveau.

Tous les ouvrages acquis sont inscrits sur un registre d'entrée , portés sur les catalogues manuscrits, et décrits avec détails sur des bulletins détachés prêts à être remis à l'imprimeur pour les parties à publier dans l'avenir.

Un état estimatif de la valeur vénale des manuscrits a été dressé, avec le concours de M. le docteur Le Glay, et un état estimatif des livres, avec celui de M. Castiaux, libraire.

La publication du catalogue, commencée par M. La-

fuite , va être reprise. M. Lafuite a laissé 500 bulletins de titres d'ouvrages sans notes bibliographiques.
C'est à peu près la matière d'un quart de volume. On
est arrivé à la lettre U de la 1.re série de l'Histoire.

Imprimerie de L. Danel.